L6 35 849

RELATIONS

DE LA VENVE, ET EN-
TREE SOLEMNELLE EN
la ville de Rome au 25. du
mois de Nouembre 1608.

De Tres-illustre & Tres-magnanime Prince Charles
de Gonsague, de Cleues, Duc de Neuers & de
Rethelois, Pair de France, Prince souuerain
d'Arches, Prince de Porcian, Marquis d'Isle,
Comte de Sainct Manuldes, Gouuerneur &
Lieutenant general pour sa Majesté Tres-chrestienne aux Prouinces de Champagne & Brie.

Traduictes d'Italien en François sur la copie
Imprimee à Rome, chez Iaques Mascardi
en l'annee 1608. Par L. S. D. D.

A PARIS.

Par FRANÇOIS HVBY, ruë S. Iaques au soufflet verd
deuant le College de Marmoutier. Et en sa boutique
ais deuant la porte de la saincte Chapelle, joignant la salle des Merciers.

M. DC. IX.
Auec priuilege du Roy.

A TRES-ILLVSTRE
ET TRES-EXCELLENT

SEIGNEVR, LE SEIGNEVR
Alexandre Comti Sforza, Duc
de Segni, Prince de Valmontone,
Comte de Saincte Fleur, Marquis
de Procene, & Cheualier des deux
ordres de sa Majesté Tres-Chrestienne.

De S. E. Tres-illustre

A dedication de ceste fueille ne pou-
uoit mieux apartenir qu'a vostre excellence, veu que vous estes Cheualier
de ce grand Roy, qui en armes deuance
tous les autres du Monde, & que
vous estes si ardemment affectionné à ceste guerrie-
re Nation, qui au iugement des mesmes Pontifes
Romains, Est l'inexpugnable rempart de la
Saincte Eglise, & le Carquois qui est ceinct
au flanc de Christ, d'ou il sort les sagettes
pour foudroyer les peuples barbares & ido-

latres. Où par ce moyen il estoit bien raison que
Rome se fit voir auec d'extraordinaires signes de
resiouyssance & de pompes, à l'arriuee & à la veuë
d'vn si grand Prince, accompagné de tant de Seigneurs de marque, & de Gentilshommes pour ren-
dre l'obedience deuë au sainct Siege, lequel tant de
fois auec tant d'armees, & tant de sang à esté main-
tenu & deffendu par leur armes. Que donques vôstre
Excellence accepte en vn petit present le grand desir
de celuy qui le donne, & tout ainsi qu'elle à esté vne
noble partie de ce triomphe & gloire Françoise, que
de mesme auec la generosité d'vn Sforze, elle daigne
me faire part de sa grace, en m'aimant & m'honorant. De Rome le dernier de Nouembre 1608.

De S. E. Tres-illustre

Le tres humble seruiteur

Georges Portio.

RELATIONS DE LA
venve et entree so-
lemnelle en la ville de Rome,
au 25. de Nouembre. 1608.

De Tres-illustre & Tres-magnanime Prince Charles de Gonzague de Cleues, Duc de Neuers,
& de Rethelois, Pair de France, Prince souuerain d'Arches, Prince de Porcian, Marquis d'I-
sle, Comte de Sainct Manuldes. Gouuerneur &
Lieutenant General pour sa Majesté Tres Chre-
stienne aux Prouinces de Champagne & Brie.

A toute puissante main de Dieu
n'eust pas plustost coloque au siege de sainct Pierre, & faict Vicaire
de Iesus Christ, & chef visible de
la saincte Eglise, le tres-sainct Pón-
tife Paul cinquiesme de la patrie
Romaine, & auparauant apellé Camille, de l'an-
tique & noble famille de Borguese, que la renom-
mee & l'allegresse s'en respandirent par toute la
Chrestienté, chacun esperant que d'vne si noble
& si sainte election, les foudres de la guerre qui de
toutes parts menaçoient la saincte Eglise, se chá-

A iij

geroient bien tost en la serenité d'vne paix tres-
belle & tranquile, & qu'ainsi la Nauire de sainct
Pierre, conduitte par vn Nocher si experimenté,
ne craindroit les orages & les tempestes des ennemis du nom Chrestien en ce grand Occean du
Christianisme si souuent esmeu & agité.

A ceste occasion les Princes Chrestiens, &
particulierement la Majesté du tres-grand &
tres victorieux Monarque Henry IIII. par la grace de Dieu Roy de France & de Nauarre, enten-
dant que par des particuliers signes de l'assistan-
ce du sainct Esprit, & parmy vne tres-grande
vnion & resiouïssance des Cardinaux & de tout
le peuple Romain, sa Saincteté auoit esté esleüe
souuerain Pontife, pour se montrer vrayement
tres-Chrestien & premier fils de la saincte Eglise,
determina aussi tost des Ambassadeurs, pour le
reconnoistre pour Pere & Pasteur, & pour s'es-
iouyr auec luy de tant de dignité, luy offrant le
Royaume, & soy mesme en armes pour la def-
fence de la bergerie de Christ, & l'animant à cor-
respondre à l'esperance que tout l'Vniuers auoit
desia conceuë en la contemplation de ses rares &
sainctes vertus.

Despuis à des Ambassades si nobles, fut esleu
de sa Majesté Tres-chrestienne, auec meure con-
sideration, le Tres-illustre & tres-magnanime
Prince Charles de Gonsague de Cleues, Duc de
Neuers, Prince qui pour la grandeur de son ex-
traction, generosité de courage & valeur aux armes, peut esgaler tout autre de la France vray se-
minaire d'hommes belliqueux & illustres. Et

pour vray il ne falloit pas autre qu'vn Ambaſſadeur ſi remarquable pour eſtre enuoyé à vn Pontife ſi grand.

Ce Prince eſtant doncques licencié de la Cour
& ayant faict voile à Marſeille pour tirer vers l'I-
talie, accompagné de quatre galleres de France,
& d'vne nombreuſe ſuitte de Seigneurs & Gentils-hommes François, fut en ſon voyage Royalement rencontré, careſſé, & receu à Sauone &
à Genes, au nom de ceſte Republique, auec maints
ſalues de canons & d'arquebuſes & de troupes
de ſoldats, ayant eſté en apres introduit au Senat
& rencontré en iceluy de quatre Senateurs au
pied de la montee, & meſmes du Duc qui le recueillit auec tout honneur & magnificence qu'il
eſtoit poſſible.

Eſtant arriué au dix-huictieſme du Mois de Nouembre à Ciuita-vecchia, & ſalué de la Citadelle
auec vn extraordinaire multitude de canonades, il
fut receu des perſonnes commiſes du Pape, auec
vn appareil vrayment Royal, ſa Saincteté ayant
expreſſement commandé, qu'en la reception &
au logement d'vn ſi grand Prince, on n'eut eſgard
à aucune deſpence ny autre choſe que ce fuſt.

Quelques iours au parauāt ceſte arriuee eſtoient
venus en ladicte ville pour ſaluër & bien veigner
ce Prince, le Seigneur Fabio de Gonzague, l'A-
gent de Mantoue, le Seigneur de Nazat, l'Abbé
d'Aumale, & le Maiſtre d'Hoſtel de Monſieur de
Breues qui pour ſa Majeſté Tres-Chreſtienne, eſt
Ambaſſadeur reſident en ceſte Cour, s'y eſtant
portez auec vn fort grand nombre de carroſſes de

campagne: lesquels Seigneurs furent cherement recueillis & bien veuz du Prince, qui sur le depart voulu faire vn present de cent doubles d'Espagne, & d'vne chaine d'or du poids de deux cens escus, à chascun de ces Seigneurs qui au nom du Pape l'auoient si explendidement recueilly, mais cela ne fut point accepté d'eux, bien que plusieurs fois ce Prince les en pria, auec vne instance vrayment Fráçoise, & par ce moyen vuide de toute scrupule de cópliments courtisanesques.

De là estant venu à Braciano, il fut auec beaucoup de splendeur reçeu & logé au nom du Seigneur Don Virginio Orsió, qui n'estát pour lors à Rome, ne le peut faire de présence, & là il fut rencontré de Monsieur de Breues, du Marquis de Malateste, de l'Euesque d'Auráges, & monsieur de Marchemont, auec vn grand nombre d'autres Euesques, Prelats, Seigneurs & Gentils-hommes Fráçois, & de plusieurs de la Noblesse de Rome.

Puis apres par les chemins iusques sur les portes de Rome, ce Prince eust au rencontre, presque tout le peuple de la ville, & en particulier le Seigneur Sforce Duc de Carpineto, Marquis de Pallauicino, & le Seigneur Marc Anthoine Victorio neueu du Pape, & venu au nom de sa Saincteté, pour le saluër, lequel il recueillit tous, & particulierement cestuy-cy auec vne courtoisie extraordinaire, estant descendu à terre pour le receuoir, & apres pour l'honorer d'auantage le faire entrer au mesme carrosse.

Ces Cardinaux luy enuoyerent encore au deuát leurs Maistres d'Hostel, & beaucoup de leurs

propres neueux & parens pour faire les complimés
à ce Prince. Cômme fit auſſi le tres-illuſtre Cardinal
Borgueſe, le Seigneur Ambaſſadeur d'Eſpagne, le
tres-excellent Seigneur le frere de ſa Sainäeté, &
tous les autres Ambaſſadeurs des Princes & grands
Seigneurs de ceſte Cour. Or le nombre des Gentils-
hommes & Seigneurs à cheual eſtoit ſi grád, & telle
la preſſe & le bruit & des carroſſes, le flux & reflux du
peuple qui alloit & venoit par ces rues, que vous au-
riez dit que Rome elle meſme s'eſtant ſouſſeuee de
ſes propres fondemens, s'eſtoit dreſſee par vn extraordinaire ſigne d'allegreſſe pour honorer & loger
vn ſi grand Prince.

Mais entre tous les rencontres, apparut du tout noble & magnifique celuy qui ſe fit à ce Prince, par les
Tres-illuſtres Cardinaux Gallo, Beuilacqua, Delphi-
no, & Seráphin, dans le carroſſe duquel ils allerent
preſques iuſques au Pontemole pour le receuoir, lequel dés qu'il les euſt veuz, il deſcendit ſoudain à terre, & les rencontrant, il s'inclina & les remercia auec
des paroles conuenables & d'amoureux ſignes de
remerciemens & de graces, & apres auoir acheué
quelques propos de briefs compliments, & de re-
pliques d'vne part & d'autre, ces Cardinaux voulu-
rent que le Prince, & enſemble Mōſieur de Breues,
le Duc Sforce, & le Seigneur Marc Anthoine Victorio entraſſent en leur carroſſe, ie Tres-illuſtre Cardinal Seraphin, donnant le propre lieu au Prince, afin
d'honorer d'auantage ſa perſonne en ceſte premiere
entree, laquelle fut en la maniere que s'enſuit.

Au deuant du Prince alloit vn ſien trompette, puis
venoient vingt arquebuſiers à cheual de la garde or-
dinaii t, en rang de deux en deux, ayát les caſaques de

velonrs iaune, auec des croix de toile d'argēt à l'endroict de la poitrine, & ayant aux manches & chaussés descarlatte des larges passemens d'argent. Apres suiuant le mesme ordre venoiét douze pages à cheual, & apres vne troupe de gentils-hommes de son seruice, & finalement ce Prince venoit au milieu de ces quatre Illustrissimes Cardinaux tres-richement vestu, ayant en suitte vn tres-grand nombre de carrosses à six cheuaux, dans lesquels estoient les principaux seigneurs de sa suitte, & presques aussi toute la noblesse Romaine, outre vne infinie quantité d'autres coches & carosses : Le peuple & plusieurs Cardinaux & Seigneurs, s'estans portez aux lieux pour voir ce Prince, bien qu'en ceste façon il entroit priuement & inconnu.

Le Prince estant descendu au Palais de monsieur de Breues, qui a cest effaict auoit esté Royalement accommodé, & s'y treuuant begninement recueilly, & apres auoir accompagné iusques à la porte, les susdits Cardinaux, & plusieurs autres qui estoient venus pour se resiouyr auec luy pour son heureuse arriuee, il passa soudain auec Monsieur de Breues, le Duc Sforce, le Duc de Carpineto, l'Euesque d'Auranges, monsieur de Marchemont, & le seigneur Abbé d'Aumale pour aller visiter sa Saincteté, laquelle le caressa extraordinairement, l'estreignant plusieurs fois tendrement au sein, & luy faisant ainsi tant d'accueils & de faueurs signalees, qu'elle montra bien clairemét que la veuë de ce Prince luy auoit esté infiniement agreable, lequel apres auoir laissé ainsi nostre sainct Pere, s'en alla visiter le tres-illustre Cardinal Borguese, & le tres excellent seigneur le frere de sa Saincteté, desquels ils fut caressé & honoré en toute façon.

Le Prince estât retourné en son logis, fut attentif à recevoir privément les visites de presques toute ceste Cour : estant tous les iours ensemble avec les principaux seigneurs qui estoient venus de France avec luy, largement & pompeusemēt festoyé chez Monsieur de Breves son hoste. Chevalier de tel merite que vrayemēt on peut dire qu'il est né pour traiter des affaires d'estat, & qui s'est rendu celebre par deux ambassades aux deux plus grands Potentats du monde. Mais tandis on appareilloit les choses plus necessaires qui devoiēt servir à la solemnelle entrée de ce Prince, laquelle s'ensuivoit au vingtcinquiesme suyuant, avec l'ordre qui se dira.

Toute la ville estoit tourné à ce Royal & nouveau spectacle, les rues estans pleines de carosses & de peuples, & les fenestres & les portiques de Princesses & de dames : lors que de la porte que l'on apelle Angelique, par où l'on faict d'ordinaire les entrées solemnelles des Ambassadeurs de France & des Empereurs, comparurent soixante mullets chargez de divers bagages, avec de tres-belles couvertes en broderie de soye de diverses couleurs : entre lesquelles douse qui estoiēt de velous cramoisi paroissoient d'vne beauté admirable, pour la grande abondance de l'or & de l'argent, varieté de couleurs & richesses de broderie, qui brilloient en elles, ayant chacune les armes & les devises du Prince, avec les doubleures de satin cramoisi & des franges d'or tout à l'entour.

Outre que tous les mulets estoient ferrez d'arger, ayant aussi les testieres, les lunettes, les billes & autres harnois de pur argent ; & sur la teste de grandes masses de plumes de diverses couleurs. & mesmes

au lieu de cordages ou liens de chanures, rien autre
que de tres-riches cordons de foye cramoifie.

Les deux compagnies des cheuaux legers de
la garde de fa Sainâcté marchoient apres auec leurs
Archers au deuât, & apres les mules des Cardinaux
venoient en nombre de quarâte, auec les houffes ou
auant-draps d'efcarlate, & de fourniture pontificale,
les Palefreniers portans au derriere des efpaules les
chapeaux rouges,fuiuant la couftume obferuee en
des folemnitez femblables.

Trois trompettes du Prince alloient apres, veftus
de pourpoinâs de drap iaune, bordé de large broderie de foye noire & blanche, & portans de chapeaux noirs fourrez de taffetas armoifin iaune, &
embellis de diuerfes plumes. Apres fuiuoient
les vingt harquebufiers de ce Prince, conduits
de Monfieur de la Chapelle leur Capitaine. Les
Pages de Monfieur de Breues eftoient à cofté, veftus
de leur liuree de velours vert, & fuiuis de ceux du
Prince qui portoient leurs chauffes, leurs cafaques,
& leurs capots de drap iaune, auec de larges bandes
de broderie de foye noire & blanche, & ayant les
pourpoinâs de fatin iaune, & des chapeaux noirs
fourrez d'armoifin de mefme couleur des pourpoints, auec des panaches eftofez de plumes de diuerfes couleurs. Et fuiuoient apres les principaux
courtifans des Cardinaux, & plufieurs gentils-hommes Romains richement veftus, & au nombre de
deux cents.

Apres on aperceut venir de deux en deux en belle
ordonnance, fur de tres genereux cheuaux, quatre
vingts gentils hommes François, veftus vne partie
de draps tres-fins, & en partie de velous rais de cou

eur d'Iſabelle, garnis eſpaiſſement de larges paſſe-
mens d'or, auec des chapeaux de caſtor, de la meſme couleur, chargés de tres belles plumes blanches,
& de tres riches ioyaux de diamans, ayans de groſſes chaines d'or au col, l'eſpee doree, & les ceintu-
res & pendans en broderie d'or & de perles : les
gentils hommes eſtans ainſi ſans manteau à l'vſage
de France, ce qui faiſoit paroir vne monſtre du tout
braue & ſuperbe. Surquoy la ville de Rome qui
n'eſt pas accouſtumee à s'eſmerueiller de ſemblables
nouueautez, neantmoins à ce coup, elle demeuroit
toute rauie en l'obiet d'vn ſi pompeux ſpectacle,
poſſible ſe ramenteuſant que telles pouuoient eſtre
les pompes, auec leſquelles ſes antiques hommes
illuſtres ſouloient paroiſtre glorieux, alors que reue-
nans victorieux de la guerre, ils triomphoient des
peuples barbares, & des ennemis dont ils auoient
remporté les deſpouïles & la victoire.

D'autre part venbient quarante de ces Barons &
Signeurs de France, & apres marchoient les trompettes du Palais, & quatorſe tábours du Senat Romain, auec les pourpoints de couleur rouge, ſuiuãt
l'ordinaire, & venoit apres en bel ordre la famille
de l'hoſtel de ſa Sainteté, de laquelle les officiers
eſtoient tous veſtus de rouge au nombre de ſoixan-
te, & apres ceux-cy, venoit à cheual vn nombre
des principaux Barons Romains, qui eſtoient ſuiuis
de quatre gentils hommes de l'Ambaſſadeur d'Eſpagne tres richement veſtus, apres leſquels venoiõt
vingt Seigneurs François, veſtus de velous rais, de
couleur d'Iſabelle, couuerts de broderie & de paſſe-
mens d'or, les chapeaux enrichis dé tres belles en-
ſeignes de pierreries, & de panaches blancs, auec

vne grande quantité de diamans aux cordons : Les
noms de ces seigneurs sont comme s'ensuit.

Le Comte de Tonnerre,	Le Baron de Verepel,
Le Marquis de Renel,	Le Baron d'Anisy,
Le Comte de Vignory,	Le Viscomte de Celles,
Le Marquis d'Ascerac,	Le seigneur du Pont,
Le seigneur de Mont-luc,	Le seignr d'Armétieres,
Le Viscomte de Bordes,	Le Baron de Ragny,
Le Viscomte de Tallar,	Le Baron de Mauisieres,
Le Viscomte de Rabat,	Le Baron de Cornac,
Le Baron de Brissac,	Le Viscomte de Morseü
Le seigneur Docquaire,	Le Baron de Rugny.

Apres ceux-là, outre le seigneur Fabie de Gonsague, & le seigneur Marc-Anthoine Victorio, estoiét
ensuitte plusieurs Ducs, Marquis, Comtes, & presque tous les seigneurs & gentils-hommes Romains
qui portent tiltre, entre lesquels on a aperceu en vne
tres-belle montre le Duc Sforce, ayant vne enseigne
de diamans au chapeau, & au col vne chaine d'or
enrichie de pierreries de tres-grande valeur, estant
au reste vestu fort sumptueusement à son ordinaire.
Les Massiers du Palais suiuoiét apres auec leurs ordinaires masses d'argent, & apres venoit à cheual
l'excellence du seigneur Iean Batiste Borguese, frere
du Pape, apres lequel marchoient en rang les Suisses de la garde de sa Saincteté, & au milieu chemi-
noient douze palefreniers du Prince, tous vestus de
drap jaune, auec des casaques, manteaux, & chauf-
ses couuers de maintes larges bandes de broderie de
soye noire & blanche, ayans les pourpoints de drap
iaune, bas de chausse & iartieres, & nœuds de soye

de la mesme couleur, l'espee doree, des chapeaux noirs fourrez d'armoisin iaune, embellis de plumes de diuerses couleurs : estans encore six Suisses du Prince, vestus aussi de la mesme liuree: mais toutesfois auec leurs habits accoustumez, & sans aucun manteau. Deux Mores venoient apres, vestus de pourpoints de damas rouge, auec des passemens d'or au dessus, & portans de barretins de peluche noire fourrez de rouge, ayant de longues plumes blanches au dessus, & menant en main deux cheuaux du Prince, qui auoient les selles toutes ouuragees d'vne tres-belle broderie d'or.

Vn peu d'espace apres ceux-là, venoit à comparoistre l'excellence de ce Prince, estant au milieu du Patriarche de Hierusalem, & de l'Archeuesque de sainct Vital: estant monté sur vn des plus beaux cheuaux quionques ayent esté veux, & lequel auoit tout d'or massif les fers, la bride, les estrieux & tous autres harnachemens.

Le Prince estát vestu d'vn habit de couleur d'Isabelle, tissu & couuert de grosses canetilles d'or, comme encore les pendans, la ceinture, le cordon & le chapeau, tous embellis & diuisez de diamans, & d'autres pierreries des plus fines, ayant pour panache vne tres-belle masse de plumes de Heron, & ainsi sans manteau.

Monsieur de Breues venoit apres au milieu de deux arquebusiers, apres lesquels marchoient plusieurs Euesques & Prelats, au nombre de cinquante. Le Prince ayant esté salué par vn tres-grand nombre de salues d'artillerie, & par plusieurs & diuers concerts d'instrumens, & de trompettes de la garde des Suysses à sainct Pierre, & en passant du cha-

steau sainct Ange au pont d'Adrian : Et voire le ciel
mesme voulut estre de la partie à fauorir vne action
si admirable? car en vn instant il se rasserena à l'im-
pourueuë, montrant par ce moyen qu'il sembloit
que la veüe & la presence d'vn si braue & valeureux
Prince auoit augmenté son bon-heur & & son allegresse: Aussi son excellence monstra par tout vne generosité & gentillesse vraymént digne d'vn si grand
Prince, saluant vn chacun, & faisant part à tous de
ceste incomparable affabilité Françoise, qui est la
pierre d'Aymant, qui attire & charme en sa douceur
les cœurs Italiens, & tous autres esprits où la gentillesse faict seiour. Au moyen dequoy ce Prince e-
stoit honoré, & receu par tout auec vne generale a-
clamation du peuple Romain, & parmy vne ioye
manifeste, & vn aplaudissement en la mesme façon
dont les Dictateurs, & autres Capitaines de l'anti-
quité estoient magnifiez & benis au iour de leurs
triomphes: Aussi on entendoit resonner de toutes
parts la voix du peuple qui crioit viue France.

Le Prince s'achemina ainsi en ceste pompe iusques au Palais de Ruccellay, où les deux portes prin-
cipales estoient superbemét ornees iusques au toict,
auec de grandes armes dorees de sa Saincteté & du
Roy, estans vn peu plus bas celles de l'vn & de l'autre Ambassadeur, auec telle abondance d'or, & de
festons, & tant de varieté de couleurs & de denises,
y remarquant les Lis d'or fleurissans par tout, que par
raison, les regardans les estimoiét de vrais arcs trió-
phans. Estant aussi tout le reste du Palais suffisamént
fourny & orné de tapisseries, & de toute autre chose necessaires au seruice du Prince & des siens, pour
tout le temps qu'il demeurera à Rome. En quoy la
diligence

diligence & induſtrie de l'Abbé d'Aumale ont eſté notables, ayant eſté commis du Prince, au ſoing de ces preparatiues quelques iours au parauant.

Le Prince eſtant enfin deſcendu de cheual, & arriué ſur le haut de la montee, ayant remercié premierement auec toute demonſtration de courtoiſies tous les Seigneurs de qualité, & les Barons Romains qui l'auoient accompagné, retreuua en la ſalle les quatre Cardinaux, nommez cy-deuant, qui eſtoient venus pour le voir, & pour le ſaluer de nouueau, auſquels ayant faict la reuerence requiſe, & au partir les honorant à les accompagner iuſques au pied de la montee, ſe retira en ſa chambre. La ſalle & les autres lieux du logis eſtans remplis de tant de cheualiers & de ſeigneurs, & c'eſt auec vne telle pompe de panaches, d'or, de ioyaux & de riches habits, que ce Palais ſembloit eſgaler les antiques honneurs du Capitole, ou bien le fabuleux Nauire des Argonautes.

Les portieres eſtoient hauſſees, & toutes les ſalles & chambres eſtoient ouuertes pour plus grande magnificence, & bien que les arquebuſiers de la garde du Prince fuſſent aux portes, & que meſme leur Capitaine y fut, ayant en main le baſton ordinaire, neantmoins il n'eſtoit refuſé à perſonne de voir, de ſaluër, & d'entrer meſmes iuſques dans la propre chambre du Prince, laquelle eſtoit paree d'vne tres-belle tapiſſerie de ſoye de grande valeur, & qui appartenoit à ſon Excellence, côme auſſi le dais, le lict, les eſcabeaux & la couuerte qui eſtoiét de velous rouge eſpaiſſemét bordée de large broderie de canetilles d'or, comme de meſme parure eſtoient enrichis les ſuſdits meubles. Il y auoit auſſi deux au-

tres dais de tres-beau drap d'or, en la fale où le cabi-
net de creace eſtoit auſſi, ou pour la multitude, gră-
deur & ouurage excellét des vaſes d'argent & d'or
qu'ils y eſtoiét rágez, il faiſoit vne treſbelle & admirable montre de richeſſe. Ce qui montroit bien d'autant plus la magnificence de ce Prince, auquel il appartenoit, comme auſſi toute autre choſe d'excellét
dont la maiſon eſtoit ornee : eſtát apareillee en meſme téps en vn autre lieu voiſin de ceſte ſalle, vne tres
ſomptueuſe table, eſleuee de vingt & trois eſtages
ou poſades, accommodee de toute choſe auec tant
de magnificence & de ſplendeur, que par là on cón-
noiſſoit bien que les Princes de France ſont autant
de Rois, & qu'en ce Prince icy, la France voit aſſem-
blees toutes ſes grandeurs plus illuſtres.

Le matin du Ieudy ſuiuant eſtant venu, auquel
iour eſtoient deſtinees les ſolemnelles ceremonies
du Conſiſtoire publique, le Prince s'achemina vers
l'Egliſe de ſainét Pierre, marchant au deuant de toute la garde des cheuaux legers de noſtre ſainét Pere,
apres leſquels venoient les trois trompettes du Prince, auec les ordinaires arquebuſiers à cheual, & leur
Capitaine richement veſtu, ayant vn gros baſton
d'ebene en main, de tres-belles plumes blanches au
chapeau, & vne riche chaine d'or au col : & en apres
quelques vns des principaux du ſeruice de ſõ Excel-
léce ſuiuoiſſét en nóbre de ſoixáte, & au derriere marchoient les familles des ſurnómez Cardinaux, apres
leſquelles alloient à cheual cent cinquante Gentils-
hómes Fráçois veſtus de noir, auec des broderies &
piquebutes tres-riches, ayát leurs manteaux les vns
fourrez de velours & les autres de peluche, auec des
chaines d'or au col, les chapeaux ornez de belles en-

seignes de pierreries, auec de tresbeaux panaches de plumes blanches tres-fines. Quelques Seigneurs & Barons Romains venoient apres en nombre de cent, auec vne pompe extraordinaire, & apres marchoient quatre Gentils-hommes de la maison du Seigneur Ambassadeur d'Espagne. Et en suite les vingt Seigneurs François, nommez cy deuant, où pour la richesse des vestemens, la multitude des ioyaux, & la gayeté des belles plumes dont ils brilloient, ils se rendoient admirables sur tous, & attiroient sur eux la veuë de tous les regardans. Et apres venoiét plusieurs Ducs, Marquis, & autres Seigneurs de qualité Romains, auec des habits & des housses tres-magnifiques. Entre lesquels le Duc Sforze pour honorer ce Prince & seruir sa Majesté Tres-Chrestienne, se voulut signaler en ceste action si solénelle auec des nouuelles liurees, & des habits du tout excellens. Il auoit quatorze Pallefreniers & deux Pages, qui portoient des capots de raze noire de Florence, brodez à l'entour d'vne broderie de fueillage de toille d'or & d'argent de diuerses couleurs, qui tenoit de largeur vn peu d'auantage que d'vn pan, auec de tresbeaux passemens d'or sur l'extremité de la broderie : & ayans les pourpoints de satin, & les chausses plissees de velours bleu, orné de la mesme broderie & passemens, collets parfumez & couuerts de passemens d'or, bas de soye & iartieres & nœuds d'or pur auec de soye bleuë, espees dorees, & chapeaux embellis de mesmes passemens & broderie, auec de grands panaches de plumes blanches & bleuës.

Le Duc Sforze venoit au milieu d'eux, estant vestu de chausses entieres, & d'vn collet. & la housse du cheual toute couuerte de grosse broderie de canetille

d'argent, manteau de satin gauffré à plumes de paon,
& doublé de toile d'argét, ayant au deſſus vne tresti-
che croix de l'ordre du ſainct Eſprit, & quatre larges
bandes à l'entour ouuragees de la meſme broderie, le
pourpoint de toile d'argent, le chapeau noir encor-
donné de groſſes perles & de Diamans, auec vne belle maſſe de plumes noires de d'Heron.

Le Seigneur Maurice Breſſe Orateur du Roy , venoit apres, veſtu d'vne longue robe de Senateur, de
velours noir, & derriere marchoit la garde des Suiſ-
ſes de noſtre S. Pere, apres leſquels marchoient les
deux mores du Prince, menát deux cheuaux en main,
auec deux treſbelles houſſes brodees d'or, ſuiuis de
douze Palefreniers , douze Pages, & de ſix Suyſſes,
tous du ſeruice de ſon Excellence, ayás les manteaux
& les chauſſes de velours noir, tous bordez de larges
& doubles bandes de velours rouge, couuert d'vne
groſſe broderie de canetille d'or, pourpoints &
fourrure des manteaux, de ſatin cramoiſi, paſſementé
d'or , bas de ſoye & iartieres & nœuds de ſoye cra-
moiſie auſſi, leurs barrettes de velours noir, auec les
cordós treſſez amplemét de paſſemés d'or, & ombra
gez de grands panaches de plumes noires & iaunes,
les eſpees dorees ayás les fourreaux & les pendans de
velours noir. Mais toutesfois les Pages auoient au
lieu de chauſſes pliſſees, celles à la façon plus com-
mune, auec vne decoupeure & de la meſme broderie, fourrees de ſatin cramoiſi, & aux manteaux des
manches longues de velours noir, bordees à trauers
de ſemblable broderie, les Suyſſes auſſi eſtans veſtus
de la meſme liuree, mais à leurs habits ordinaire.

Le Prince venoit apres au milieu de l'excellent Seigneur Iean Baptiſte Borgueze, & de l'Archeueſque

de Zara, auec des chausses, collet, manteau, chapeau,
& housse du cheual de velours rais noir, tout brodé
& couuert de diuers fueillages, & agreables compo-
sitions de petis grenats noirs & de petites perles: où
non seulement pour la grande valeur & rareté de
l'ouurage, mais aussi pour la grãdeur & majesté qu'elles rendoient en leur obiect, on estimoit à bon droit
qu'il estoit vestu tres-sumptueusement. Il auoit sept
riches enseignes sur son manteau, vne autre au chapeau, où s'esgayoit encore vn tresbeau panache de
plumes d'Heron, & autour du col il auoit neuf autres
enseignes tres-industrieusement vnies en façon d'vne
chaine, lesquelles passoient la valeur de cent cinquã-
te mil escus. Monsieur de Breues marchoit apres son
Excellence, entre deux Archeuesques, auec vne tres-
grande suite d'autres Euesques, Archeuesques &
Prelats.

Le Prince estant donc arriué à Sainct Pierre, &
salué par le chemin par vne multitude de canonades
du chasteau Sainct Ange & de la garde des suysses,
monta auec les Seigneurs qui l'accompagnoient, en
la grande salle des Roys, où le Pape auec tout le sacré
college, & le reste de la Cour estoient desia pour le
receuoir.

Sa Saincteté estoit assise en vn lieu haut & eminẽt,
où l'on montoit par plusieurs petites marches cou-
uertes de drap rouge. Le Sainct Pere estant assis ainsi
en vne chaire couuerte de drap d'or rouge, & sous
vn tres-riche dais de tapisserie de soye & d'or, estant
vestu des ordinaires vestemens Pontificaux: l'Ambassadeur de Venise estant à la main dextre de la
Saincteté, & celuy de Sauoye en vn degré plus bas,
& plus encore au dessous les deux tres-excellẽs

Seigneurs les deux freres de sa Sainceté, & à l'autre main estoient ceux qui sont la plus noble partie de sa famille, vestus de rouge, auec plusieurs Euesques, Archeuesques, Patriarches, Auditeurs de Rotte, & autres Prelats qui sont ordinaires d'assister le Pape en des solemnitez semblables. Apres en façon d'vn beau theatre estoient assis à l'entour les Cardinaux en des lieux hauts & releuez, vestus d'escarlate suiuant leur vsage.

Ce fut en ce lieu où le Prince baisa la premiere fois les pieds de sa Saincteté, de laquelle auec vne affection paternelle il fut reçeu & embrassé, & les lettres de creance estant presentees, il presta au nom de sa Majesté Tres-chrestiéne, l'obedience qui est deüe au fainct siege Apostolique, & à sa Saincteté. Et le Seigneur Maurice Bresse, ayant recité vne tres-docte & tres-elegante Oraison, & Monsieur Strossi Secretaire des lettres Latines de sa Saincteté, luy ayant respondu, le Prince retourna de nouueau à baiser les pieds de sa Saincteté, comme le semblable firent tous les Seigneurs de qualité, & tous les Gentils-hommes qui estoient venus de France auec luy.

Lesquelles ceremonies furent veuës de Madame de Breues, & de la Duchesse Sforse, en compagnie de plusieurs autres grandes Dames de la Cour, dans vne gallerie qui auoit esté dressee expressement pour elles.

La ceremonie estant acheuee, & le sacré college licentié, sa Saincteté retint à disner auec elle l'vn & l'autre Ambassadeur, les tables estans disposees comme il se dira.

Sa Saincteté estoit sous vn tresbeau dais de damas rouge, passementé d'or, la salle estant toute ornee de la mesme parure, & sa Sain.cteté estant vestuë de blanc, & seule aupres d'vne petite table. Et là aupres à main gauche, mais pourtant au milieu de la salle, & vn peu plus bas, estoit dressee vne autre petite table, où estoient assis le Prince & Monsieur de Breues: ou durant le disner qui vrayement fut du toute splédide, ils iouïssoient de l'harmonie qui partoit de diuers concerts d'instrumens, & de musique, faits par les maistres chantres du Pape en vne chambre voisine, ayant sa Sainteté plusieurs fois auec d'extraordinaires signes de courtoisies, presenté à l'vn & à l'autre d'iceux.

Les tables estans leuées, & sa Sainteté faisant approcher de soy ces tres-illustres Seigneurs, s'entretint enuiron vne heure à parler auec eux familierement de diuerses choses, & c'est auec tant de douceur & d'affabilité, qu'ils en demeurerent tres-satisfaicts, comme de mesme toute ceste ville est demeuree & demeure satisfaite auec tous les Seigneurs de qualité, des honneurs & fauorables accueils qu'ils ont receus de ce Prince. Bien que pour la varieté des ceremonies & complimens, & de la diuersité des tiltres & des préseances, le fil d'Ariadne soit bien souuent necessaire à celuy qui traicte quelque chose de grãd en ceste Cour.

Or pour euiter l'ennuy d'vn trop long discours, nous laisserons en arriere de faire la descriptiõ des liurees des laquais, pages, & estaffiers des gentils-hómes & seigneurs Frãçois, nous suffisant sulemét pour satisfactiõ de ceux qui liront cecy, de dire, qu'il n'y a pas eu Gétilhóme qui n'eust au moins déux ou trois laquais à son seruice, & plusieurs en auoient quatre, & d'autres six, & ainsi des deux autres sortes des suf-

dits gens de seruice, qui paroiſſoient tous brillans &
admirables pour la varieté des broderies & des couleurs dont ils eſtoient tres-noblemēt veſtus. Et en fin
ie diray auſſi auec le vray, qu'en ce triomphe ſi ſolem-
nel, les Seigneurs & Gentils-hommes François ont
comparu pour le moins en nombre de quatre cens.

Il faut donc conclurre que la magniffcence de la
maiſon & les deſpēs ordinaires de ce Prince ſont
de telle ſorte, & que les richeſſes, & la valeur des ta-
piſſeries, veſtemens, argenteries, & ioyaux y ſont en
ſi grāde multitude, & telle la qualité des Gētils-hō-
mes qui le ſeruent, outre que pour le meſme effait,
les gardes des Suyſſes, & d'arquebuſiers, les Capitaines, les muſiques d'inſtrumens & de voix, & les Officiers au double à la mode des Roys, qu'on y admire,
il ſe voit bien clairement que la France, auſſi bien
qu'autre-fois l'Italie poſſede maintenant des Ceſars,
des Craſſus, & des Lucullus; & que ce Prince eſt
vrayement digne d'eſtre Ambaſſadeur de HENRY.

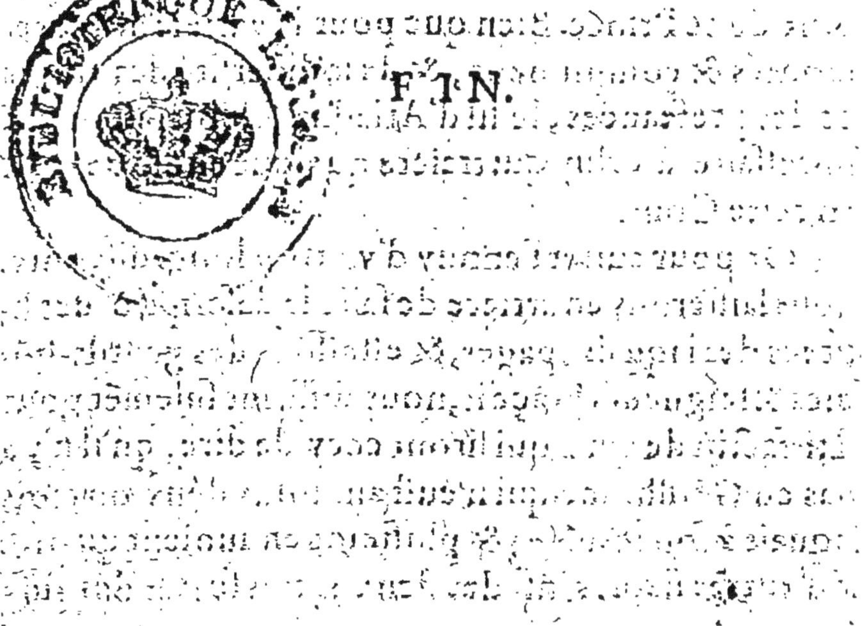

FIN.

www.ingramcontent.com/pod-product-compliance
Ingram Content Group UK Ltd.
Pitfield, Milton Keynes, MK11 3LW, UK
UKHW020148080726
13614UKWH00005B/2461